I0783496

ARTE Y DENUNCIA
MANIFIESTO DE CONSCIENCIA ARTÍSTICO

#ArtePorUcrania
#ArtForUkraine

ANTOLOGÍA / ANTHOLOGY

ARTE Y DENUNCIA
MANIFIESTO DE CONSCIENCIA ARTÍSTICO

#ArtePorUcrania
#ArtForUkraine

ANTOLOGÍA / ANTHOLOGY
Compilada por / Compilated by
Carla Paola Reyes

#ARTEPORUCRANIA / #ARTFORUKRAINE
Arte y denuncia

SALTOAL**REVERSO**

De esta edición / Of this edition:
Editorial Salto al reverso, 2022
editorialsaltoalreverso.com

Primera edición / First edition
Diciembre de 2022 / December, 2022

Diseño de portada / Cover design: jennomat
Diseño de colección / Collection design: Fiesky Rivas
Traducción / Translation: Carla Paola Reyes

A todos aquellos afectados por la guerra en Ucrania.
To all those affected by the war in Ukraine.

Look at your young men fighting
Look at your women crying
Look at your young men dying
The way they've always done before

Guns N' Roses – Civil War

PRÓLOGO

En estas páginas, Arte y denuncia presenta #ArtePorUcrania / #ArtForUkraine, una antología bilingüe acerca de la guerra en Ucrania, con obras de poesía, fotografía, pintura, ilustraciones y cuentos.

Un total de 24 artistas y escritores de 12 distintos países participaron en la convocatoria para este libro. Recibimos obras de Argentina, Alemania, Australia, Canadá, Chile, Ecuador, España, Estados Unidos, México, Puerto Rico, Turquía y Venezuela.

Con mucho retraso, pero cargada de amor, esta antología es publicada ahora con el objetivo de servir como homenaje al pueblo ucraniano y a todos aquellos afectados por la guerra. Su propósito es también recaudar fondos para ayudarlos.

Las regalías de todas las ventas de este libro serán donadas a las víctimas de la guerra a través de la organización benéfica Voices of Children (*https://voices.org.ua/en/*), una fundación ucraniana que proporciona asistencia continua a niños y familias afectadas por la guerra en ese país, brindando atención psicológica de emergencia y ayudando en el proceso de desalojo del territorio en conflicto.

Creemos que las víctimas de este conflicto necesitarán apoyo mental y emocional en los próximos años, especialmente los niños, por lo que queremos poner nuestro pequeño grano de arena para ayudar.

Arte y denuncia (*arteydenuncia.wordpress.com*) es un blog colectivo que pretende ser un espacio abierto para hacer denuncia a través del arte y la literatura. Publicamos contenidos de denuncia acerca de varios temas que afectan a la sociedad, por ejemplo: las desapariciones y las dictaduras, las crisis de migrantes y refugiados, así como la violencia, la desigualdad y la pobreza.

Estamos orgullosos de publicar esta antología a través de Editorial Salto al reverso, en una edición bilingüe con textos en inglés y español, de autores de todo el mundo. En #ArtePorUcrania / #ArtForUkraine, los lectores encontrarán una mezcla de voces, imágenes y lenguajes a medida que recorran sus páginas, pero con un hilo conductor que lo unifica todo: los sentimientos generados por la guerra en Ucrania, que comenzó en febrero de 2022.

El dolor, la belleza, el coraje y la fortaleza de Ucrania se manifiestan a través de las palabras de los poetas y narradores de esta compilación, así como en los trazos de los artistas que ilustraron este libro.

Esperamos que los lectores se sientan tan conmovidos como se sintió quien escribe estas líneas al descubrir el talento y la pasión que une el alma de los artistas cuando ven a una nación hermana en necesidad. Los invitamos a compartir esta antología y a ayudarnos a obtener más regalías, y así poder aportar más donaciones para la gente de Ucrania.

Carla Paola Reyes
Diciembre de 2022

FOREWORD

In these pages, Arte y denuncia presents #ArtePorUcrania / #ArtForUkraine, a bilingual anthology about the war in Ukraine, with works of poetry, photography, paintings, illustrations, and short stories.

A total of 24 artists and writers of 12 different countries participated in the call for submissions for this book. We received works from Argentina, Australia, Canada, Chile, Ecuador, Germany, Mexico, Puerto Rico, Spain, Turkey, United States, and Venezuela.

Long overdue, but still charged with love, this anthology is published now with the aim of serve as a homage to the Ukrainian people and to all those touched by war. Its purpose is also to raise funds in order to help them.

The royalties of all the sales of this book will be donated to the victims of the war through the charitable organization Voices of Children (*https://voices.org.ua/en/*), a Ukrainian foundation that provides ongoing assistance to children and families affected by the war in that country, providing emergency psychological care and assisting in the evacuation process of the territory in conflict.

We believe that the victims of this conflict will be in need of mental an emotional support for the years to come, especially the children, so we want to do our small part to help.

Arte y denuncia: Manifiesto de conciencia artístico [Art and Denunciation: Artistic Consciousness Manifest] (*arteydenuncia.wordpress.com*) is a collective blog that aims to be an open space to denounce injustice through art and literature. We publish content about various issues that emerge in society, for example: disappearances and dictatorships, migrant and refugee crises, as well as violence, inequality, and poverty.

We are proud to publish this anthology through Editorial Salto al reverso, in a bilingual edition with texts in English and Spanish, from authors around the world. In #ArtePorUcrania / #ArtForUkraine, the readers will find a mixture of voices, images, and languages as they sort through the pages, but with a common thread that unifies it all: the feelings sparked by the war in Ukraine, that started in February 2022.

The Ukrainian pain, beauty, courage, and strength are manifested through the words of the poets and storytellers in this compilation, as well as in the strokes of the artists that illustrated this book.

We hope that the readers feel as moved as the one who writes these lines did as they discover the talent and passion that unites the souls of artists when they see a sister nation in need. We invite you to share this anthology and help us get more royalties, and thus give more donations for the people in Ukraine.

Sunflower, by Mr. BJ.

PARA UCRANIA
FOR UKRAINE

Flores, por Magaly García.

QUERIDA UCRANIA

Magaly García
instagram.com/maggarcia69

Solo quienes están cerca y viven la desgracia de una guerra, como ustedes, son capaces de sentir todas las emociones que puede haber: tristeza, duda, indignación, engaño y miedo, pero también fuerza, valor y coraje para defender lo que les pertenece; principalmente, la vida.

No nacimos para morir en manos ajenas, tampoco para atentar contra nuestros semejantes. La guerra está hecha para destruir edificios, construcciones, parlamentos; no obstante, lo que más destruye una guerra son los corazones de sus habitantes. En un instante, todo cambia. Lo que era latente, por la historia y geografía del país, y que por un momento se creyó que nunca iba a suceder, está pasando. A los que vivimos fuera solo nos queda consolar, animar, alzar la voz por ustedes y pedir que todo esto termine. Como seres humanos y como hermanos del mundo es nuestro deber permanecer atentos a las súplicas y plegarias para que reine el amor, más allá de los intereses políticos, religiosos y económicos de un país o los ideales de una persona.

Los inocentes son los que, generalmente, pagan las consecuencias de los pensamientos y acciones de los más poderosos que, sin freno, gobiernan siempre con el deseo de querer tener más control sobre los demás.

A todos ustedes y, sobre todo, a los más vulnerables —como los niños y ancianos— les enviamos un abrazo, un saludo y nuestro cariño fraterno, deseando que pronto reine la paz necesaria para vivir plenamente.

DEAR UKRAINE

Magaly García
instagram.com/maggarcia69

Only those who are close and live the misfortune of a war, like you are, feel all the emotions that can exist in it: sadness, doubt, indignation, deception and fear, but also strength, bravery and courage to defend what belongs to you: life.

We were not born to die at the hands of others, nor to attack our fellow human beings. War is made to destroy buildings, constructions, parliaments; however, what a war destroys the most are the hearts of its inhabitants. In an instant, everything changes. What was latent —due to the country's history and geography—, and that for a moment we believed would never happen, is happening. We, living abroad, can only comfort, encourage, raise our voices for you, and demand that all this comes to an end. As human beings and as your brothers and sisters, it is our duty to remain vigilant to the pleads and prayers for love to reign, beyond the political, religious, and economic interests of a country, or the ideals of a single person.

The innocents are the ones who usually pay the consequences of the thoughts and actions of the powerful, who, without restraint, always rule with the desire to have more control over others.

To all of you and, above all, to the most vulnerable —such as the children and the elderly— we send our embrace, our greetings, and our fraternal affection, wishing that the peace necessary to live in full will soon reign over you.

UCRANIA

Julie Sopetrán
eltiempohabitado.blog

U na guerra es umbral de violencia
C omo monstruo que exhibe su coraje
R abia y rencor transitan su demencia
A rrasa porque es odio su engranaje
N unca y siempre te asusta el personaje
I njusta es la batalla sin clemencia
A taca porque mata en el combate

UKRAINE

Crissanta
carlapaola.com

U nique violence shows
K ings take their positions
R ipping the peace from
A beautiful, coveted realm
I n a flash it unleashes
N o one was oblivious to it
E nding is uncertain, but in hope we persist

ILLUMINATING DARKNESS
(PATRIOT'S DEMAND)

MR. BJ
instagram.com/Josh_bodelljones

Lightning flashed across the night sky,
briefly illuminating a dark cold world.
Thunder pounded with a roar
that is quiet compared to the sound
of rockets and bombs
striking train stations,
hospitals and theaters,
apartments and airports.

A madman dictator chooses this war,
full of hubris and mislead by his own kind,
committed to conquering the unconquerable
while a leaderless world does almost nothing at all,
willfully ignorant,
following cults
that crave money and power,
allowing the wolf to devour.

Pray for the innocent if you have faith,
cry for them if you can still find tears.

The sunflowers will still bloom.
The patriot's blood demands it.

FOR THE FALLEN
(YOU WILL NOT BREAK US)

Âlodel Drakin
deviantart.com/alodeldrakin

DESPOJOS DE GUERRA

Carlos Quijano
carlosquijano.com.mx

Cuidé de mi abuela en sus últimos meses de vida. Ella tenía muchos años, tantos que cuando alguien le preguntaba por su edad, ella solo reía y contestaba que había renacido tantas veces que ya había olvidado las fechas de cumpleaños.

Al principio no entendía lo que quería decir, pero con el paso del tiempo, y después de conocer algunos pasajes de su vida, terminé amándola más que nunca.

Recuerdo que usaba una silla de mimbre que crujía cada vez que me sentaba al lado de su cama para acompañarla. Ella casi siempre estaba dormida, mas cuando estaba despierta, se acomodaba en la cama y me platicaba largas y entretenidas historias. Una que me emocionó hasta las lágrimas fue de cuando tuvo que regresar a su país por un llamado que le hizo el gobierno porque el país del que se habían independizado amenazó con invadir y retomar el territorio. Creo que eso pasó después de que hubo una pandemia por un virus chino. Mi abuela no da muchos detalles, pero lo vimos en clase de historia, fue en la década de los 20. Mi abuela llegó de un pueblito de Europa del este a buscar fortuna en América, aunque llegó a México y nunca pudo irse de aquí.

Es el año 2077 y por los cálculos que he hecho con las referencias que da la abuela, ella rondará los ochenta años. Tengo 20, mas no he vivido ni un mínimo porcentaje de lo que ella.

Tenía 25 años cuando llegó a México. Un buen día decidió tomar sus cosas —que no eran muchas—, abordar un avión para llegar a los Estados Unidos y comenzar una vida distinta. Era el sueño de muchos, y muy pocos lo cumplían. Así comenzaba su relato:

—A los 25 años di un gran paso: fue tan grande que brinqué un océano —me decía riéndose con sus últimos tres dientes. Ella había dejado de ser hermosa en el aspecto físico, pero su alma era de una hermosura indestructible.

»Mi primer trabajo en México, porque nunca pude cruzar la frontera, fue en un restaurante en donde también servían bebidas. Fue una época difícil, perdí varios kilos pues llevaba una dieta que apenas me daba energía para trabajar. Vivía de las propinas porque el sueldo no era mucho. A veces, robaba comida de la cocina y calmaba un poco mi hambre. Tuve suerte de aprender el idioma con algunas compañeras porque, contra todo lo que se pueda creer, mi verdadera escuela fue la televisión. Aprendí español viendo telenovelas y repitiendo cada palabra que decían los actores. Al cabo de unos años, casi no se me notaba el acento extranjero, lo que me delataba era tener los ojos claros y la piel blanquísima.

»En un par de años ya me había mudado a la Ciudad de México. Fue terrible adaptarme a la prisa con que vivía la gente en ese lugar. Era menos cálida que en la frontera y tenían una manera muy distinta de pensar: todo el tiempo estaban a la defensiva y desconfiaban de todo el mundo.

»Me fue más difícil conseguir trabajo, después de mucho buscar conseguí un puesto en un restaurante, ya no de mesera, sino de *hostess*, quizá por mi personalidad amigable, no por mi aspecto. La paga era mucho mejor; me exigían una impecable presentación y hasta me dieron unos uniformes para usar todos los días. Lucía como una verdadera muñeca con el uniforme. —Me guiñaba un ojo.

»En ese lugar conocí a Mateo...

La abuela se quedaba callada siempre que llegaba a ese punto en el que conoció a mi abuelo. Quizá el recuerdo de las dichas perdidas le provocaba ganas de llorar, pero ella no derramaba más lágrimas. Nunca la vi derramar una sola, nada más se quedaba callada, en silencio esperando a que pasara la emoción. A veces proseguía, otras, solo se acomodaba el pelo, se acostaba y se quedaba dormida.

—Mateo iba cada tercer día al restaurante. Casi siempre pedía lo mismo: milanesa con papas y refresco de cola en un vaso con mucho hielo. Dejaba propinas y era un muchacho muy guapo.

Se le encendía la mirada a mi abuela y mientras sonreía, sus mejillas se teñían de un tímido color rosado.

—Un día le tomé la orden y le pregunté que por qué no pedía otra cosa de la carta, fui muy atrevida esa vez, solo porque me llamaba la atención, quería conocerlo y... nos conocimos. Nos hicimos novios, unos meses después nos fuimos a vivir a un departamento que alquilamos, todo al estilo mexicano, ¡ay, ay, ay! Mateo fue el amor de mi vida. Engendramos una bella niña, tu madre, Dasha.

»No usaba redes sociales, llegué tarde a la cita con la tecnología. Tuve que crear una cuenta de correo porque la oficina de recursos humanos del trabajo me obligó a hacerlo. Éramos felices hasta que me llegó un correo electrónico procedente del gobierno de mi país. Había estado al tanto de los acontecimientos y los veía tan lejanos. No sé cómo dieron conmigo; tras la disolución de la Unión, toda mi familia quedó repartida en los diferentes países. En mi pueblo no había dejado a nadie, solo quedó la casita que era de mis padres. Me obligaban a volver bajo amenazas, si no lo hacía el castigo era... severo. Conociendo cómo era el proceder de las oficinas militares y gubernamentales, tuve pavor, así que regresé a mi pueblo. Supongo que esa fue una de tantas veces que morí al pensar que debía separarme de mi nueva familia. La anterior había sido en Tijuana cuando me reclutaron contra mi voluntad para trabajar en un antro sirviendo bebidas con poca ropa. De milagro pude escapar. Esa fue una de tantas ocasiones en las que renací.

»Volví a pisar mi terruño. A pesar del tiempo y la distancia seguía manteniendo el amor por el lugar que me vio nacer. Creo que entendí eso que me dijo Mateo: la patria se lleva en el corazón y nunca se abandona, siempre va contigo. Recuerdo que me dijo eso un día en el zócalo de la Ciudad de México mientras mirábamos como izaban la bandera monumental.

»No había olvidado los aromas en el aire, los ruidos del ambiente, las calles, las casas y la gente. Por desgracia, ahora todo estaba muy lejos de la estampa que tenía en mi cabeza: todo estaba destruido, hecho ruinas y el olor que flotaba en el aire era de muerte, de soledad, de crueldad. Habían bombardeado toda la región. Desalojaron a muchas familias y a otras no les dio tiempo de huir, no sé si sea un consuelo que hayan muerto todos juntos o solo sea una consecuencia más de toda esta desgracia. Era más que lamentable la situación. Sentí miedo. Me trajeron de México para enrolarme en las fuerzas de resistencia; para defender a mi pobre y joven país sin otra cosa que no fueran mis manos porque la mitad de corazón que me quedaba ya lo tenía deshecho desde que me di cuenta de lo que pasaba cuando llegué, la otra mitad se quedó en México con Mateo e Dasha. Más que dividida me sentía quebrada, rota como esas muñecas que ya no se pueden arreglar, como una vieja máquina que se descompone y ya no vale la pena reparar.

»Me mandaron al frente, me dieron un chaleco, una bolsa, un fusil y algunas balas. Ninguna instrucción ni preparación previas. Solo la experiencia de cazar patos con una escopeta en los tibios días de verano, esa era toda la habilidad con la que contaba. Solo que ahora no se trataba de patos o ardillas, ahora eran soldados enemigos, militares entrenados por los mejores instructores del mundo. Hombres y mujeres, seres humanos como tú y como yo. Matar para defender tu bandera, tu idioma tu tierra, a ti mismo. Matar a final de cuentas solo es matar.

»Nueve meses y tres semanas escondidos en un hoyo. Sin comida ni agua. Sin vías de comunicación, con el alma pendiendo de un alfiler. Se me hacía eterno el tiempo para volver a ver a Mateo y a mi hija. Hacía meses que no sabía nada de ellos, ni ellos de mí. Sentía pánico nada más de pensar que ya me hubieran dado por muerta imaginando mi cadáver tirado en un charco con lodo mezclado con sangre que manaba de las heridas de balas en mi cuerpo. Se me iban las noches con esos pensamientos oscuros. Una madrugada me alertó un estruendo: un ruido como ninguno que hubiera escuchado con anterioridad. Retumbaba y dejaba vibraciones en el suelo, juro que podía sentirlas. Escuché cómo se aproximaba poco a poco, me castañeteaban los dientes del tremendo pánico que me provocaba, me oriné varias veces antes de que todo se volviera un caos y después del caos se manifestó el mismísimo infierno.

»Armas de racimo eran las que estaba usando el enemigo. Nos fue imposible luchar contra esa tecnología, era como si nosotros usáramos piedras y palos y ellos vehículos blindados. La resistencia sucumbió esa noche, el enemigo arrasó con todo y todos. Una pared de escombro cayó sobre mí. Me hizo daño en varias costillas, me abrió la cabeza y me dejó todo el cuerpo con moretones. Creo que esa fue otra de las veces que renací.

»Me desperté en un lugar oscuro, apenas iluminado por una fogata. Una mujer me ponía un cuenco en los labios para darme leche de cabra rebajada con agua. Tenía los labios agrietados y me ardieron a pesar de que estaba tibia la bebida. Bebí un poco y le pregunté a la mujer en dónde estaba. Me dijo que hacía varios días, cinco o seis, que me había encontrado quejándome debajo de un montón de escombros. Algunas personas le ayudaron a subirme a un carretón y me trajeron a su casa. Ella sabía que yo era de la resistencia por eso decidió ayudarme. El enemigo se había replegado a las ciudades más importantes dejando algunos destacamentos en los pueblos.

»Cuando logré levantarme, contemplé todos los desechos que quedaron después de esa noche infernal: suena exagerado, pero ya no había piedra sobre piedra todo era un extenso llano humeante. Tuve que esperar a recobrar fuerzas para escapar de ahí. Con el gobierno disuelto y el presidente refugiado en un país neutral —como en un mal chiste—, ya nada me obligaba a quedarme ahí.

»Caminé de noche y me escondí de día hasta que pude llegar a una de las fronteras que no estaba tan custodiada como las otras. Cruzaría la línea y pediría asilo en el país aliado. Lo hice de la manera más tonta posible, caminé sin detenerme hasta llegar a una garita. Escuché gritos cada vez más agresivos, pero no puse atención. Pedí ayuda al soldado de la garita que dudó en hacerlo hasta que los otros soldados dispararon.

»Uno de ellos me perforó la pierna y justo cuando iba cayendo sentí un fuerte ardor en el lado derecho de mi cara, a la altura de la oreja. Por nada y el otro tiro me pega justo en la frente. La caída me salvó del impacto y me puso en suelo extranjero. Otra vez renací.

»Me llevó dos meses abandonar el país, entre trámites y la recuperación del balazo. Pude comunicarme a México para pedir ayuda y por fortuna me llegó. Hice todos los trámites y me sentí aliviada cuando abordé el avión con destino al aeropuerto de Cancún, México. Fueron diez horas de darle muchas vueltas a la situación. No pude hablar con Mateo, apenas si escuché la voz de Dasha, el padre de Mateo sonaba molesto por teléfono y su madre no había querido coger la llamada.

»El dinero no me alcanzó para otro boleto de avión así que tuve que hacer el trayecto en autobús hasta la ciudad de México. Pasamos por varios retenes de migración, pero sabiendo lo clasista que son los funcionarios, sabía que por el color de mi piel no me molestarían. Los que padecían eran los desaliñados de piel morena.

»Llegué a la casa de los papás de Mateo. Abracé con tanta fuerza a Dasha que me miraba callada y sorprendida. La madre de Mateo tenía la cabeza gacha y no me sostenía la mirada. El padre de mala gana me invitó a quedarme para que me pusieran al tanto de lo que había pasado en todo este tiempo. Pregunté por Mateo y ahí comenzó la actualización de hechos.

»Cuando dejó de tener noticias mías me dio por muerta. Los noticieros se encargaron de dar notas explícitas de cómo avanzaban las fuerzas invasoras y de cómo iban demoliendo ciudad tras ciudad. A los seis meses de mi partida se fue a vivir con otra mujer y dejó a Dasha con sus abuelos. Venía a verla dos o tres veces por semana, pero ya no la quería viviendo con él. Ya no supe qué parte de mi ser era la que estaba experimentando ese dolor.

»Me fui de ahí con Dasha. Sus abuelos ni siquiera intentaron detenerme. Jamás volví a ver a Mateo. Trabajé en todo lo que pude para sacar adelante a mi hija y hacer que también se olvidara de su padre. Nunca le hablé mal de él, a veces le contaba pequeñas historias de cómo jugaba con él cuando era bebé. Algunas eran inventadas, otras no. Algunas eran pensamientos en momentos en los que estaba escondida abrazando el arma y afuera no había estruendos ni detonaciones y que hubiera deseado estar con ella.

»Dasha creció feliz a pesar de todo. Pudo cursar la universidad y obtener un título en procesamiento de datos para los negocios. Conoció a tu padre y después naciste tú, Lera.

»A través de estos años reafirmé lo que me dijo Mateo ese día en el zócalo: la patria se lleva en el corazón y nunca se abandona, siempre va contigo. Lo repito para mí cada vez que recuerdo mi llegada a mi pueblito porque la guerra no solo daña la tierra, sino que también daña y destruye a la gente y solo nos queda lo que llevamos dentro, en el corazón. Aunque a mí me quedó muy poco donde guardar, siempre lo llevo conmigo, es parte de mí, incluso si son despojos de guerra.

Me fascinaba escuchar esta historia. Mi abuela era muy elocuente y tenía mucha experiencia contando historias. Mi madre no heredó esa cualidad, pero yo practico para cuando llegue mi momento.

Un día mi abuela se quedó dormida y ya no despertó. Murió con un gesto bondadoso como quien se resigna —ahora sí— a morir. Mi hermano no tuvo la dicha de conocerla, sin embargo, le platico de ella porque la llevo en el corazón y en tiempos de paz también se vale guardar los bellos momentos y ella me compartió muchos mientras estuvo con vida.

Te amo, Nastya.

HEXAWINGS

Vaner Wolfheim
instagram.com/aldevaranwolfen

BUCHA

John Grey
jgrey5790@gmail.com

A hole dug, advertising this year's crops,
soil slumped to the side like shoulders
and, all the while, the war goes on.
And a daughter does a rendering of her dream wedding dress
on a sheet of scrap paper.
The guns sound closer then recede, closer then recede.
The grandfather rests in a chair in his front yard,
smokes a cigarette, is old enough to die of whatever he pleases.
The house across the street is riddled with bullet holes.
But birds still sting. The hedge is full of chatter.
The church resounds with the cry of "Hallelujah."
What care he that the bottoms of his feet are singed.
This is the front yard of his boyhood.
It's part of his body. As are his dead brothers.
And the town hall now burned to the ground.
He was an artist once.
The attic is cramped with his brushstroke.
He's had a life that some young villagers
can only dream of.
If they dream at all these days.
One soldier, in uniform, shakes his fist in solidarity.
The old man merely waves.
He remembers the lake, all that splashing,
the kids who passed on but at decent intervals.
It was never a case of a bunch of friends
being blown to bits all at once.
His son is out back with the shovel.
He's worried the beans might fail.
Kids run about with grubby faces and untied laces.

One has picked up something from the ground
that looks like as shell casing.
Grandfather reaches out to knock it away.
He would hate for anyone in his family to
truly feel the grip of it,
to add their fingerprints to those of the enemy.
Sunlight hits the house.
There's an occasional breeze.
It's easy to flop down in such circumstances.
Grandfather's body feels full of earth,
of funerals, but also of laughter.
His hands are hard.
His teeth gnash.
And he hears the echo of the screams.
But he can see the hydrangea from where he sits,
feel the cross around his throat.
His lips curl at the thought of his late wife.
A grin gets loose
as does a relief that she didn't have to live
through the war.
For now, they all manage,
even the daughter who wonders if there'll
even be a man alive for her to marry
when the time comes.
The smoke has settled
and the hulks of cars no longer burn.
Ashes float down like snow
but nobody's seen a dead body in a week.
Some buildings are burnt out and black.
Some nerve endings won't stop jumping.
Life feels cuffed
despite the enemy's retreat.
Grandpa polishes his Sunday shoes.
The youngest boy shows off his scar.
The mother scrubs dust from wherever it lands.
Family try to be seamless
but whispers won't allow.
It's best to sing hymns,

to slip the sharpest knife back in the drawer,
to sponge faces for dinner,
to stand at the window,
take whatever comfort there is in the early dark.
At night, one boy dreams of stripped skins,
heads lopped off, veins burst and gushing
all over the bedsheets.
He awakes to no more than a bloody nose.
But that's evidence enough.
The rest of it must be true.

BUCHA

Âlodel Drakin
deviantart.com/alodeldrakin

ADVERTENCIA: EL MONSTRUO ES REAL

Edwin Colón Pagán
edwincolonpagan.wordpress.com

Fotografía: Укроп-Европ (*@SvojakS*).

El lunes, primero de agosto de 2022, una inmensa nube negra se posó sobre la ciudad de Kiev. Se tragó todo. Aspiró la materia y la antimateria. No se sabe cómo, pero los rusos ya habían perfeccionado su armamento nuclear de corto alcance. Efectos que redujeron a cero la posibilidad de cualquier ser viviente. Aunque se escondieron a mil leguas en las profundidades de la tierra, fueron devorados por el monstruo químico. La mandíbula hipersónica del ogro invisible masticó el oxígeno sin descanso. Sus garras gaseosas rasgaron el suelo mientras cientos de babas de humo goteaban de la impresionante boca del engendro. El aliento rojo parpadeaba al salir endemoniado de su gran boca en las cavernas.

¿Acaso nadie ayudó a los ucranianos? En realidad, después de cinco meses de bombardeos sobre el país, las ciudades de Ucrania estaban moribundas. El ejército y los ciudadanos permanecían escondidos en cuevas. Así que, si ya no quedaba más que vestigios de la cultura y la herencia ucraniana, no ameritaba poner en riesgos a sus pueblos. Los aliados de la OTAN, cercanos, prefirieron no interceder. Con excepción del búnker de Zelenski y de los contados ricos que hayan construido el suyo, Ucrania quedó reducida a cenizas, incluyendo las dos repúblicas autoproclamadas en la región Este de Donbás. A Putin, no le importaron los ciudadanos, si con su ataque nuclear podía neutralizar para siempre a sus enemigos en Ucrania...

—¿Qué haces, Kalyna? —pregunta el padre con asombro al ver a su hija escribiendo con un bolígrafo sobre una libreta.

—Aprovechando el diario que me regaló titi Hanna —contesta sonriendo.

—En serio, no lo puedo creer. Tú, una de las *influencers* de Kiev. No jodas, en verdad el mundo se está acabando. ¿No y que mi cuñada era obsoleta y que el diario fue un error de la titi?

—Bueno, estoy teniendo problemas para subir mis *podcasts*. Además, si esto sigue como va, ya pronto no habrá ni Internet ni redes sociales. Aunque más bien lo usaré como una libreta de apuntes relevantes en este conflicto. No está de más poner en práctica la técnica de reciclaje con el regalo de la hermana mayor de mamá —dijo sonriendo.

—Y dilo, princesa. La cosa no pinta bien. Da miedo, Rusia con su negación de que no nos va a invadir, no se lo creen ni ellos mismos. El tiempo dirá.

29 de noviembre de 2021

Tengo 21 años. Soy Kalyna Shevchenko, una *influencer* de las redes en Ucrania hace cinco años. De madre rusa y padre ucraniano. Pero en vista de que los sistemas de Internet se están afectando por la guerra... sí... la guerra, aunque Rusia insiste en que no ha empezado. Tengo que ingeniármelas para poder compartir con los jóvenes y con mis estudiantes lo que está pasando. También, uso el diario de resguardo por cualquier eventualidad que me impida usar las redes. Además, mi terapista me recomendó realizar actividades que me bajaran los niveles de tensión por el conflicto.

Escribir en diario es como escribir cartas por correo, en lugar de utilizar el correo electrónico o testear. Aún no me acostumbro. Soy una adicta a la literatura y maestra de historia universal. Tengo un primo en una posición importante del gobierno de Zelenski. Se llama Hans y me ha pedido que se las dé para leerlas. Creo que está enamorado de mí, pero el amor está en pausa para todos. Aunque no lo he decidido todavía, quiero defender como un soldado más a mi patria. Necesito que mis recuerdos permanezcan para compartirlos con los seres que amo.

30 de noviembre de 2021

Hoy hacía una tarde fría en mi hogar. Y estoy lista para empezar a enumerar y compartir con los sobrevivientes, por si este cabrón se atreve a joder el mundo finalmente.

El presidente Putin, declaró que la expansión de la presencia de la OTAN en Ucrania era una afrenta contra los rusos. En especial, el despliegue de cualquier misil de largo alcance con la capacidad de alcanzar las ciudades rusas o sistemas de defensa antimisiles, semejantes a los ya erigidos por Rumania y Polonia, era un posible acto de guerra. El bastardo alegó que cualquier sistema de ataque en el territorio de Ucrania puede llegar a suelo ruso en siete minutos, y de ser arma hipersónica, en apenas cinco. ¡Será cabrón este puto agitador! ¡Fascista!

16 de diciembre de 2021

Nuestro presidente y el secretario general de la OTAN, Jens Stoltenberg, salieron en los noticieros locales e internacionales, así como por las redes sociales ataviados formalmente, frente a sus banderas nacionales dándose un saludo. Jens respondió a los comentarios o advertencias de Putin, que solamente Ucrania y sus 30 aliados de la OTAN pueden decidir cómo y cuándo Ucrania puede entrar. ¡Qué bofetón! Debe estar que arde como fiera el rusito con guille de que es Dios.

17 de diciembre de 2021

Hoy por la tarde el Ministerio de Asuntos Exteriores ruso informó el proyecto de acuerdo entre Rusia y Estados Unidos sobre garantías de seguridad para ambas potencias en conflicto. Rusia por su parte propuso a la OTAN que renuncie la admisión de Georgia y Ucrania, como a cualquier actividad militar en el territorio ucraniano. Insta a los Estados Unidos a no establecer bases militares en la antigua Unión Soviética y a no aceptar a estos dos países en la OTAN. ¡Qué se cree este loco! Es un clon de Hitler.

10 de enero de 2022

Llevo casi quince días sin escribir. Aclaro que solamente escribiré lo que estimo importante y si la salud física y mental me lo permite.

Los diplomáticos estadounidenses y rusos llevaron conversaciones sobre seguridad en Ginebra con el fin de discutir las actividades militares de ambos países y las crecientes tensiones en torno a Ucrania. Ryabkov, viceministro de Asuntos Exteriores ruso, explicó que no se podían subestimar los riesgos de una confrontación militar y que Estados Unidos minimiza la gravedad de la situación. ¡Vamos que casi le creo a este fascista ruso!

19 de enero de 2022

El Kremlin está decidido a cambiar la oferta por las condiciones de las llamadas garantías de seguridad de no ampliación de la Alianza hacia el Este. Afirmó que la decisión adoptada en la cumbre de Bucarest de 2008 debe descartarse y que Estados Unidos ofrezca garantías unilaterales de que esto nunca ocurrirá. Acentuó que la posición de que Georgia ni Ucrania nunca sean miembros de la OTAN es una prioridad para el Kremlin. Pienso que ya se le está acabando la paciencia a este malnacido dictador.

17 de febrero de 2022

Enseguida que escuché las sirenas anunciando el posible ataque ruso, corrí a mi habitación, tomé el diario, una linterna y mi celular. Me dirigí al sótano. Me encontraba sola en la casa. Mi padre se había ido con un grupo de amigos y vecinos para defender el perímetro de la ciudad. Estaba nerviosa. El recuerdo del libro de Anna Frank me atormentaba el alma mientras a lo lejos se podían escuchar las explosiones de los misiles que se apoderaban de la ciudad vecina. Al parecer, los combates en el Donbás se intensificaron. No podía distinguir si era mi imaginación o los fuertes latidos del corazón. No le deseo a ningún ser humano pasar por este trauma existencial.

18 de febrero de 2022

Pavlo, el líder de las fuerzas civiles aquí en Kiev nos mantenía informados de los recientes enfrentamientos. Las repúblicas autoproclamadas del Este habían ordenado la evacuación compulsoria de civiles de sus respectivas capitales. La Prensa ucraniana informó de un gran aumento de los bombardeos de parte de las fuerzas separatistas lideradas por Rusia en el Donbás, como una estrategia militar de provocación a nuestro ejército. ¡Y el hijueputa insiste que no nos va a invadir!

19 de febrero de 2022

No lo entiendo. ¿Cómo es posible que los rusos se hayan atrevido a atacar a Ucrania después de lo que ellos pasaron con Adolfo Hitler? En 1941, la Alemania Nazi invadió a la Unión Soviética. Bajo la excusa de eliminar el régimen comunista, la cúpula militar llevó a cabo crímenes de guerra que no fueron castigados. Los nazis pretendían crear una colonia para alemanes nazis puros, asesinando o dejando morir de hambre a los habitantes de la Unión Soviética. Detrás de las líneas militares nazis se encontraban activas las famosas unidades especiales de operaciones cuyo propósito principal era asesinar a funcionarios comunistas, guerrilleros y judíos de entre los 15 y 60 años. En 1941, fueron asesinados 900,000 judíos soviéticos aproximadamente.

Los nazis planearon y ejecutaron la masacre genocida de millones de rusos. Tanto Alemania como sus aliados fueron culpables, pues nadie podía expresarse libremente. En muchos casos asesinados o deportados para encerrarlos en campos de concentración y eventualmente privarlos de la vida. Cualquier parecido a las medidas castrantes del gobierno de Putin con el Tercer Reich es pura coincidencia. ¡¿Dios mío, cómo puede ser tan animal este bárbaro?!

20 de febrero de 2022

Desde ayer los servicios básicos de agua y luz comenzaron a ser interrumpidos. He decidido continuar con mis apuntes, bajo la viva amenaza de Rusia al enviar tropas a Donetsk y Lugarsk. Claro, mientras haya Internet, sigo conversando con mis seguidores.

Desde marzo de 2021, Rusia ha estado enviando sus fuerzas militares concentrándolas en la frontera de Ucrania. El gobierno ruso estuvo negando, repetidamente, sus planes de invadir o atacar a nuestro país.

Para nuestra tranquilidad, Pavlo nos entregó en hojas sueltas una fotocopia de un aviador estadounidense del Escuadrón de Puerto Aéreo 436 en la Base de la Fuerza Aérea Dover preparando armas y municiones para ser entregadas a Ucrania. Esto me motivó a seguir ayudando a mi país. Si Estados Unidos y los aliados de la OTAN nos ayudan, podemos mantenernos de pie y hasta hacer correr a estos cabrones.

Si bien la cantidad diaria de ataques durante las primera seis semanas del nuevo año fueron mínimas, no fue así después. El ejército ucraniano registró e informó 60 ataques el pasado 17 de febrero. Los rusos por su parte informaron más de 20 ataques de artillería contra posiciones separatistas el mismo día. ¿Cuándo Putin va a confesar que ya empezó la invasión?

21 de febrero de 2022

Tomé la decisión de cerrar mi canal de Youtube para ingresar en las fuerzas de la resistencia civil oficialmente. Sé que no será fácil, y para una mujer joven, peor. Pero no puedo limitar mi acción a escribir notas. Con la ayuda de Pavlo y Hans, estoy segura de que tendré éxito.

Rusia reconoció a las repúblicas populares de Donetsk y Lugansk y envió tropas a esos territorios. Sigo adiestrándome con agallas para dominar las ametralladoras igual o mejor que mis redes sociales. Es un gran reto, pero por mi país y mi libertad lo hago con mucho orgullo. Diría mi papá: «con el corazón».

Los nuestros destruyeron una instalación fronteriza a ciento cincuenta metros de la frontera entre Rusia y Ucrania en el óblast de Rostov. Lamentable, el ejército ruso mató en la mañana a cinco de los nuestros saboteando la aldea de Mityakinskaya. Todos los vehículos fueron destruidos.

Por otra parte, no me concibo con la boca cerrada y tranquila si me violan mis derechos como mujer ucraniana. ¡Viva la libertad de expresión! ¡Muerte a los tiranos!

22 de febrero de 2022

Al día siguiente, el Consejo de la Federación de Rusia autorizó por unanimidad a Putin a utilizar la fuerza militar fuera de las fronteras de Rusia. ¡Cabrones, asesinos! El ataque se inició tras varios meses de tensión diplomática por la concentración de aproximadamente 190,000 soldados rusos cerca de la frontera entre Rusia y Bielorrusia. Por fin, el desgraciado dictador comenzó a quitarse el disfraz.

24 de febrero de 2022

Putin anunció una operación militar especial en el territorio de Donetsk y Lugansk; los misiles comenzaron a impactar en lugares de Ucrania, incluida la capital, Kiev. El Servicio Fronterizo de Ucrania dijo que fueron atacados sus puestos fronterizos con Rusia y Bielorrusia. Dos horas más tarde, las fuerzas terrestres rusas entraron en el país. Fuertes explosiones de misiles que cubrían el cielo ucraniano derrumbaron parcialmente una instalación gubernamental sin piedad alguna. Se promulgó la ley marcial, el cierre de los lazos diplomáticos con Rusia y se prohibió la salida del país de los hombres entre 18 y 60 años. La invasión recibió una condena internacional generalizada con excepción de algunos países, entre ellos, China, India y Brasil.

Tanto antes como durante la invasión, varios de los 30 Estados miembros de la OTAN brindan su apoyo militar a Ucrania. Sin embargo, la OTAN no lo está realizando, específicamente, como organización. Zelenski consideró insuficiente el apoyo internacional, afirmando que nos dejaron solos. ¡La historia los condenará, serán cómplices en esta masacre!

25 de febrero de 2022

Desde el primer día de invasión, el ejército ruso, en dirección hacia Kiev tomó el control de los pueblos fantasmas de Chernóbil y Prípiat. La central nuclear de Chernóbil, asegurada la zona de exclusión, también fue alcanzada a primera hora de la mañana de hoy. También, la ciudad de Ivankiv, un suburbio al norte de Kiev, donde nuestro ejército logró frenar su avance al destruir el puente sobre el río Téteriv y presentar batalla a los rusos en la ciudad, fue atacada. Al mismo tiempo, las fuerzas rusas se apoderaron de dos aeródromos estratégicos alrededor de Kiev.

Un bombazo terrible y cruel al jardín infantil de Okhtyrka donde murió un niño y otro permanece luchando por su vida. Esto es uno de los muchos crímenes de guerra y genocidio cometido. ¡Cada día que pasa odio más a este abusador!

26 de febrero de 2022

Antes que nada, y de seguir contando los sucesos recientes, es necesario señalar que este episodio bélico es parte de la guerra rusa-ucraniana la cual comenzó en el 2014 y de una serie de sucesos pasados. Déjenme enumerar cada uno de los sucesos que a mí, como historiadora y maestra, me ayudaron a entender el conflicto:

1. Con la caída del muro de Berlín, la reorganización alemana y el colapso de los gobiernos comunistas entre los años 1989 y 1991, llegaron cambios significativos en el Bloque del Este de la región.
2. En 1990, las negociaciones Baker-Gorbachov dieron garantías al gobierno soviético de que la OTAN no permitiría la adhesión de ningún país del Bloque del Este.
3. Se reunificó Alemania y la OTAN incluyó al territorio de la República Democrática de Alemania.
4. Tras la disolución de la Unión Soviética en 1991, Rusia y Ucrania mantuvieron estrechos vínculos. Ucrania acordó abandonar su arsenal nuclear en el 1994 bajo la premisa de que Estados Unidos, Rusia y el Reino Unido brindarían garantías contra cualquier amenaza a la integridad territorial e independencia política.
5. La OTAN incorporó a Hungría, Polonia y República Checa, y posteriormente en el 2005 se amplió con Bulgaria, Lituania, Rumanía, Eslovaquia, Eslovenia, Estonia y Letonia. Estos dos últimos eran países fronterizos con Rusia.
6. De esta forma, Bielorrusia y Ucrania quedaron como los dos países ubicados sobre la línea roja imaginaria que separaba la OTAN de Rusia.
7. Ucrania se convirtió en una posición crucial y estratégica para los dos bandos en pugna.
8. En el 2008, el presidente norteamericano Bush declaró públicamente su intención de incorporar a Ucrania a la OTAN. El presidente Víktor Yúshchenko solicitó la entrada de Ucrania a la coalición militar.
9. Putin se pronunció en contra de la petición. En el 2010, Yanukóvich, quien fue el reemplazo de Yúshchenko como nuevo presidente, retiró el pedido de adhesión.
10. Sin embargo, en el septiembre del 2020, Zelenski aprobó la Estrategia de Seguridad Nacional que prevé el desarrollo con la OTAN, con el firme propósito de ser miembro de la organización.

27 de febrero 2022

Se me olvidó por estar dando mis clases de historia que otro desembarco en Vasylkiv, al sur de la capital, fue repelido por el ejército ucraniano en la base aérea de la ciudad. Su intento de controlar Kiev no tuvo éxito.

28 de febrero 2022

La Unión Europea creó una célula encargada de coordinar la compra de armamento para sostener al Gobierno ucraniano frente al ataque ruso. También decidió movilizar el Centro de Satélites de la Unión Europea para prestar servicios de inteligencia a Ucrania.

Hoy se bloqueó el acceso del Banco Central de Rusia a más de 400 mil millones de dólares en reservas de divisas en el extranjero y la Unión Europea impuso sanciones a diversos oligarcas y políticos rusos.

29 de febrero de 2022

Me acabo de enterar de que ayer, 28 de febrero, los negociadores ucranianos y rusos comenzaron a realizar reuniones de conversaciones en Bielorrusia para alcanzar un alto el fuego y garantizar corredores humanitarios para la evacuación de civiles. Después de tres ruedas de conversaciones, no se llegó a un acuerdo general.

1 de marzo de 2022

Continúan las negociaciones ucranianas y rusas por la paz en Bielorrusia para lograr un alto al fuego y asegurar corredores humanitarios para la evacuación de civiles.

6 de marzo de 2022

Se reportó que el servicio secreto ucraniano había ejecutado a Denis Kireev, uno de los miembros de la delegación negociadora ucraniana, éste fue acusado de traición.

7 de marzo de 2022

Rusia exigió la neutralidad de Ucrania, el reconocimiento de las autoproclamadas repúblicas separatistas Donetsk y Luhansk como estados independientes y el reconocimiento de la adhesión de Crimea a suelo ruso como condición para poner fin a la invasión.

8 de marzo de 2022

Nuestro gobierno sugirió una reunión directa con el presidente ruso para poner fin a la invasión y su disposición a discutir las demandas rusas.

10 de marzo de 2022

Serguéi Lavrov y Dmytro Kuleba, los ministros de Relaciones Exteriores de los respectivos países se reunieron en Turquía. Este fue el primer contacto de alto nivel desde el inicio de la invasión. ¡Estoy bien ansiosa, no puedo evitarlo!

11 de marzo de 2022

Tanto en Suecia como en Finlandia aumenta el respaldo de la opinión pública para ingresar a la OTAN. Esto es consecuencia directa de la invasión a nuestro país. De seguro que Putin amenazará a estos países para que no florezca la idea de anexión. Ya veremos a este puerco con aires de patriarca ingeniárselas para que muera el deseo de pertenecer a la OTAN. Es obvio, que no solo nosotros le tememos a este monstruo.

25 de marzo de 2022

Llevo varias semanas sin poder escribir nada. Los bombardeos alrededor de todas nuestras ciudades son impresionantes. A pesar de la cobertura mediática, la censura y desinformación referentes al conflicto son palpables. Mi primo Hans y Pavlo me han mantenido al día. La angustia cada día es mayor. Pero me comprometo a seguir defendiendo a mi patria ante la invasión rusa y a que entregaré mis notas en el último minuto a mi primo para que las pueda leer, y tener así una fuente alterna histórica por si las moscas intentan borrar la verdadera historia de esta invasión. También para que él no se olvide de mí. Cada día me siento más cercana a él, es mi héroe.

***

Kalyna estuvo reportando sus notas hasta el día del bombazo atómico, cuando el monstruo se tragó a su país. En la noche del jueves 4 de agosto de 2022, exactamente tres días luego del ataque nuclear a Ucrania, Rusia dirigió misiles nucleares a Suecia y Finlandia por rubricar su solicitud de entrar a la OTAN. Los misiles fueron activados, causando catástrofes irreparables a sus capitales. También, por error, fueron enviadas bombas nucleares contra Rumanía y Polonia. Los miembros de la OTAN jamás creyeron que fue un error.

En respuesta simultánea, Francia, Inglaterra, Alemania, así como otros países de la OTAN activaron sus misiles hacia Rusia y sus aliados.

Rusia fue muy efectiva en desviar de su territorio a estos misiles. Estaba muy bien preparada para su defensa. Se oscureció el universo aún más, la presencia de estos asesinos voladores marcaba el pronto fin de la humanidad. Esto activó todo el mapa de misiles nucleares alrededor del mundo. Los misiles atómicos no solo se dirigieron a las grandes ciudades, sino a los cientos de satélites en el universo. En definitivo, el infierno se mudó de lugar. A pesar de esto, cientos de búnkeres, de personas adineradas alrededor del mundo, tenían la esperanza de sobrevivir esta catástrofe orquestada por los rusos.

En la madrugada del 5 de agosto del 2022, casi en celebración del bombazo de Hiroshima, los Estados Unidos enviaron un misil nuclear a Moscú, desde uno de sus buques de guerra, arma secreta de larga distancia guardada con recelo en las profundidades del Mar Caribe por los norteamericanos. Desapareció del mapamundi a Moscú.

La tercera y última guerra había dado comienzo. Duraron apenas minutos los ataques nucleares en secuencia cuando sobre el Planeta Tierra se posaba un manto de dolor e incertidumbre. Las naciones que no recibieron el embate directo de las bombas atómicas permanecían aterradas por el fuerte olor en la atmósfera contaminada de esquina a esquina. Sabían que tarde o temprano los gases venenosos carcomerían cada molécula de oxígeno sobre el suelo terráqueo. El miedo acabó de resquebrajar la capa de ozono.

No hay certeza de cuanta información se haya salvado en los respectivos países y quién tenga el control para presentarla y distribuirla. Si sabemos que Kalyna pudo entregar sus apuntes al primo antes de entrar en el búnker. Logró despedirse de Hans con un beso y un fuerte abrazo.

A Kalyna no se le permitió acceso al refugio atómico, a pesar de la petición de Pavlo y de su primo.

Nota del autor: *Este cuento es una expresión de arte y denuncia que busca advertir a cada ser humano sobre el planeta Tierra que no podemos subestimar a los tiranos. No podemos permitir que se repita otro Holocausto. #ArtePorUcrania*

Nota del editor: *Este relato está basado en acontecimientos reales, pero en sí mismo es una obra de ficción que no refleja los deseos del autor ni de los editores de esta obra. Nuestro deseo es que ninguno de estos catastróficos desenlaces y escenarios se cumplan jamás.*

MONSTRUO DE GUERRA

Manuel Alonso Matellan
bosquebaobab.wordpress.com

EL BLANCO PRINCIPAL

Mayté Guzmán
ahuanda.wordpress.com

Ellos
cambiarán el oro negro
por el oro rojo
para cubrir con poder
su miseria.

Es tan solo un intento.
El subdesarrollo vigila
mientras alguien insiste:
«ten fe y reza».

La pobreza
con el miedo
estallarán al lado de la guerra
y sobrevivirán
como mutantes bacterias.

La muerte escurre,
en nombre de las franjas
y las estrellas.

El blanco principal es el mundo.
¡Qué extraño!

BLUE DEATH

Julie Sopetrán
eltiempohabitado.blog

The sky is in my eyes, I don´t have a body.
Is the moment of death the truth of absence?
Is the moment of life the fire of purity?
Is the moment of light!
Is the moment of flight!
Where is the worry?
The plenitude absorbed my mind.
The sea is like silk.
The wind is slipknots.
The space is my country.
The kisses of time disappeared; carried me
to essence, to the cell, to the knowledge.
No more pain; no longer the need to worry.
No more memory.
Only my blue heart!
Just blue that envelopes me in its cloak!

EL LLANTO DE SARIEL

Donovan Rocester
donovanrocester.com

Ilustración: Blacksmith Dragonheart.

Cuenta la leyenda que Sariel era miembro del *Ejército de los Siete Arcángeles*. Sus labores eran sagradas y contaba con la gracia de Dios. Sin embargo, un día durante sus misiones, Sariel cometió su primer error. Al igual que otros ángeles, empezó a mirar al mundo humano y quedó deslumbrado por la belleza de las hijas de los hombres. Sin embargo, aún no había cometido pecado alguno.

Pese a ello, Sariel adquirió el hábito de observar el mundo humano cada vez que podía. Pero, a diferencia de sus congéneres, este no se dedicó exclusivamente a observar a las hijas de los hombres. Pasó siglos humanos observando, poco a poco, los actos de los seres humanos. Contemplando sus avances, sus errores, sus amores, sus odios, sus pasiones, sus guerras, todas las facetas de todas las personas.

Fue entonces cómo, sin darse cuenta, Sariel empezó a contaminar su corazón hasta el punto en que dejó de ser digno del *Ejército de los Siete Arcángeles.* Se le impidió el acceso a ese cuerpo celestial e incluso llegó a ver la caída de los ángeles expulsados del cielo por mezclarse con las hijas de los hombres.

A Sariel no fue necesario expulsarlo del cielo, él decidió exiliarse en la luna para observar a los seres humanos con más detalle. Al estar más cerca, empezó a ser capaz de leer sus pensamientos, sentimientos y emociones. Allí fue donde Sariel entendió la maldad inherente del ser humano y su corazón se volvió completamente el de un demonio.

El demonio Sariel empezó a odiar a la humanidad por todas aquellas atrocidades que llegó a contemplar. Lo que más trastornaba su mente, que ya no era perfecta, era el hecho de poder leer los pensamientos de las personas mientras cometían los crímenes más execrables. Sariel vio engaños, mentiras, chantajes, sobornos, corrupción, abusos, vejaciones, violaciones, torturas, secuestros, asesinatos, genocidios y una larga lista de etcéteras.

Sariel vio más de lo que pudo soportar. Un día, en su impotencia y desesperación, decidió arrancarse sus hermosos ojos y pulverizarlos. Concentró en aquel polvo todo su dolor y la poca bondad que le quedaba. Soltó el polvo hacia el mundo humano, con la esperanza de que los remanentes de su anterior estado de divinidad ayudaran a la humanidad a corregir su camino. Pero esto no ocurrió, la humanidad había llegado a un punto en que los polvos de Sariel ya no podían surtir efecto alguno.

Para este punto, el demonio exiliado en la luna ya no podía ver los eventos del mundo humano, pero podía seguir oyendo los pensamientos macabros de la humanidad. Retumbaban en su mente los lamentos de una mujer violada, de un niño devastado por la muerte de sus padres en la guerra, las súplicas de secuestrados y prisioneros, los llantos de una madre que pierde a su hijo en un asalto. Esos sonidos lo alteraban, pero aún podía soportarlos.

Aun así, la curiosidad del ciego Sariel no tenía límites y siguió buscando, ahora de forma deliberada, seguir ahondando más en la miseria humana. Agudizó el sentido de oír los pensamientos humanos y se adentró en la maldad profunda que ocurre entre las sombras y que solo es conocida por sus perpetradores y sus víctimas. Fue demasiado para su mente el conocer los crímenes de guerra, los asesinatos y violaciones en vivo expuestos en la Deep Web, el tráfico de órganos y demás aberraciones humanas clandestinas de las que muchos, por suerte, no conocen.

Sariel no tuvo esa suerte, pasó años vigilando aquello, llorando sangre por las cuencas vacías de sus ojos. Hasta que, en un acto completamente premeditado para acabar con su sufrimiento, Sariel cometió un pecado imperdonable tanto para un ángel como para un demonio. Utilizó parte de las plumas de sus alas, que él mismo se arrancó al perder su condición divina, y empezó a construir una daga con ellas.

Al ser un demonio, Sariel podía ser dañado por aquella arma. El exiliado, ciego y trastornado Sariel forjaba su arma mientras lloraba sangre sobre ella. La sangre brillaba como fuego hasta que, cuando ya no pudo soportar el sufrimiento que le causaba la vigilancia del mundo humano, se apuñaló a sí mismo en el corazón. Siendo este el único caso registrado del suicidio de un ser divino.

AYER

Anauj Zerep

twitter.com/anaujzerep

Ayer todo era hermoso: el sol en su esplendor, hasta los días grises eran días floridos.

Hoy, el viento huele a muerte y lleva consigo por doquier el estruendo de las bombas y la incertidumbre.

Estoy aquí, preso de una guerra, soñando con la libertad. #ArtePorUcrania.

SUNFLOWERS

MR. BJ
instagram.com/Josh_bodelljones

WEEDING

Court Ellyn
courtellyn.com

I

My fingers gouge deep
pluck dandelions
from a heritage of soil—

a stranglehold—
tenacity choked into surrender
a silent sigh as in the sun they lie
wilting.

Contempt fuels
the groundward toss—
into the ditch
the flowers go.

Who mourns the loss
of a common weed
but bees?

II

A dewy sunrise
idyllic with drone of bees
waking to find
the circle is broken:
what seeds will fly
in summer winds and sprout
to sweeten their honey?

And I wake to headlines:
girls inviolate
uprooted and dumped—
shallow graves showcasing
a predator's cowardice
or would he bother
with burial at all?—
and cities of future mothers
martyred to masculine need.

Who considers babes
never born?

What loss to us,
we ignorant of the never-to-be,

those nameless as dandelions
nodding in the bee-rich field
in the path of the gardener's hand?

III

Naked taproot disinterred,
its shape an earth-dusted finger
compassing at me
condemnation of its reaper,
consequences on a cosmic scale--
a chaos theory of broken lineage:

Who's to fix the value
of a dandelion to a bee
or of a babe to God?

EXPLODING SUNFLOWERS

Suzanne Moxon
instagram.com/smoxart

MAPAMUNDI

Eduardo Honey
facebook.com/eohoneyewriter

Acostada, bocabajo en la alfombra en medio de la enorme sala, la niña mira con detenimiento el mapamundi extendido frente a ella. Los sentidos de su padre están posesionados por la pantalla plana que cubre buena parte de la pared. Él viste un pijama con colores patrios, que no hace mal juego con la vasija de palomitas de maíz sostenida entre sus piernas. Disfruta su sillón favorito y su patriarcal brazo levanta, en una perfecta cadencia robótica, la copa con martini. El padre sorbe con elegancia la bebida y toma otro puñado de palomitas para acompañar. No deja de mirar la pantalla, que muestra una ciudad en medio de una selva, cubierta de llamas y humo. El locutor, en off, menciona el inicio de una ofensiva.

—¿Papá? —la atención de la pequeña sigue la mirada del padre, observa lo que sucede en la pantalla y luego ve a su progenitor—. ¿Dónde me dijiste que estaban nuestros valientes soldados?

Un rosario de explosiones, así como la voz del locutor, son cortadas al entrar a escena una conferencia de prensa. El padre sorbe de nuevo de la copa y come más palomitas.

—¿Papi? ¿Dónde está ese lugar que estamos ayudando?

«Muy buenas tardes ciudadanos. Nos vimos obligados a...».

—¡Papá! ¡Papapapá!

—¿Qué pasa, Michelle? No me dejas escuchar a nuestro Ministro de Gobierno: dice cosas muy importantes.

—¿Dónde dijiste que estaban nuestros soldados?

«...en la política de guerra humanitaria que iniciamos hace más de tres décadas...».

— ¡Papapapapapapá!

—¡Michelle, cállate!

La niña, con espíritu irreductible, se levanta con el mapa en sus manos, y se planta entre su progenitor y el distractor de las necesidades infantiles.

Con un gesto de fastidio, su padre le arrebata el mapamundi; simula ojearlo con detenimiento, sin perder de vista la pantalla, y señala un punto cualquiera.

—Aquí, Michelle —la niña coloca su índice izquierdo en el punto que marcó su padre.

—Gracias, papi —y le da un cariñoso beso en la mejilla.

La niña retoma el mapa sin dejar de apuntar con su pequeño dedo. Mientras se recuesta en la mullida alfombra, el padre le grita a la doméstica que le traiga más bebida junto con palomitas y que después lleve a dormir a la niña. Michelle no se inmuta: llena de orgullo ahora sabe que en esa extensa zona azul en pleno mar Ártico y que sido señalada por su sabio papi, están los valientes soldados.

FLORES EN LA ADVERSIDAD

Paula Olmedo Olvera
instagram.com/paulaolveera

VOCES DE GUERRA Y PAZ

Julie Sopetrán
eltiempohabitado.blog

Del infierno salieron las voces de la guerra,
el eco de la espada, los gritos del disparo;
los metales salvajes que matan sin reparo
o el clamor de la bomba que destruye y aterra.

A la voz del silencio mi corazón se aferra
porque vivo la muerte de un mundo en desamparo;
busco el lenguaje puro de un horizonte claro
para sembrar mi sueño de paz sobre la tierra.

Si pudiera en mi verso deshacer la metralla
y convertir en flores la bélica codicia,
con lenguaje de versos haría la batalla.

Y aunque solo soy eco que busca la justicia,
me entrego a la cadencia del corazón que calla,
sabiendo que en la lucha solo amar es primicia.

LOS EXTREMOS

Alejandro Cifuentes-Lucic
cifuenteslucic.com

En un extremo,
una mano tersa acaricia el rostro de un padre,
de un esposo,
de un hijo
y se funde con los aromas que despiertan la mañana,
cada mañana,
aquellas prisas que la rutina convierte en la felicidad de
contemplarse alegres,
reunidos en el reflejo infinito de las pupilas de los seres que
se aman.

Con la misma gentileza,
una delicada mano de hombre acaricia los cabellos de una hija
que mima ensimismada una muñeca despeinada sobre su
vestido,
o estrecha los delgados pliegues de una falda que regalan la
hermosa imagen de una mujer
sobre la hierba mojada en una tarde de domingo,
o abraza los hombros cansados de una madre que mira
con ternura,
los gestos que la vida ha puesto en un extremo de su mirada.

En las copas de los árboles,
el rocío teje aureolas de colores vivos que enmudecen con
su retahíla, los murmullos
de las encendidas pasiones de un hombre amando el cuerpo
de una mujer,
o la pureza de una mujer amamantando el destino de un
niño anhelante,

que alegre crece soñando futuros y juegos y certidumbres
en los verdes parques diseminados en las doradas techumbres
que cosquillean de sol, las nubes y las brisas que corretean
y que mutan de vida las farragosas naciones y los viejos crisoles,
con ese arraigo tan peculiar de los hechos y de las virtudes y
de los errores
que pueblan la historia,
que altiva y soñadora construye ciudades,
que vetusta y prometedora acuna el éter de los países,
el eco de la cultura, el sabor de las regiones,
la música de las identidades,
la áspera singularidad de un territorio que no es un mapa,
sino la devota representación del roce, del cariño, del calor
humano.

En un extremo.

Una mano tersa aprieta el gatillo de un arma pesada
disparada a quemarropa,
y destroza la carne, las vestimentas y las esperanzas en un
estallido de metralla que rasga
y penetra el tejido vivo de hombres, mujeres y niños, de
ancianos y jóvenes,
llenando la atmósfera de pólvora que danza desbocada en
explosiones
rosáceas de sangre y de muerte,
mientras por sobre el silencio intermitente de la artillería y
de los misiles,
queda el griterío de los heridos y de los agónicos,
cuyo hedor de miedo y fluidos, de horror y desamparo,
va lastimando las almas sobrevivientes más que la propia
visión
de los cuerpos destrozados por el fuego y los escombros
que barren de una plumada,
los pueblos y ciudades que la guerra va poniendo en su camino.

Una mano de hombre enfunda un cuchillo y desgarra,
eficaz, frío, alienado,

el estómago y las orejas de otro hombre moribundo,
mientras descarga un cargador completo de casquillos de
cobre y puntas cruzadas
sobre los rostros vendados de prisioneros y heridos,
asesinándolos,
cociéndolos en metal y nitrato y esquirlas, concluida la
misión de la tortura y
regando de sangre, recuerdos y de conocimiento,
de arte y de amores,
las paredes blancas de una ciudad abatida convertida en
paredón.

Una mano de hombre va cercenando con una navaja,
eficiente, los pezones
ensangrentados de un grupo de mujeres convertidas en
despojos humanos que sollozan
las llagas y los escupos y los golpes y el semen al ser
abusadas y profanadas
frente a sus hijas y sus esposos,
frente a la mirada extraviada y dolida de sus padres y de
sus madres,
mancilladas todas, una vez, dos veces, cien veces, con el
quebranto
que solo la muerte puede aplacar en la búsqueda del
momento crucial de la asfixia,
a manos llenas, antes de que exploten ahogados los
pulmones
y los esfínteres se retuerzan en una mueca de exaltado goce
para los depredadores.

Una tersa y elegante mano de hombre, a miles de
kilómetros de distancia,
sentencia el destino de niños, mujeres y hombres y de sus
ciudades y sus campos
y sus siembras y sus animales y sus ilusiones y sus
sentimientos,
dando la orden de rociar desde el cielo, toneladas de
bombas de acero que desparraman

sobre el aire, fuego, gasolina, aceite de coco, poliestireno y
benceno,
con la ebria capacidad de incinerar la vida, el carbono, el agua,
pero dejar intactos y sucios, hábilmente tiznados,
los edificios y los objetos y las plagas,
mientras una combustión incandescente se expande por el
oxígeno quemándolo todo
y las columnas de humo señalan en el cielo,
los lugares asolados por las piras funerarias.

Una delicada mano de hombre coloca su rúbrica en un
decreto con una pluma de plata,
y condena al exterminio a los amables vecinos de un pueblo
soleado que,
cercano a otro villorrio marcado con un color diferente que
lo distingue en el mapa,
se visten distinto, hablan distinto, rezan distinto.

Una mano de hombre acaricia el rostro de un hijo recién nacido.
Es una mano de hombre delicada y ocupada,
en un extremo o en el otro,
y la misma mano siempre.

¿Sabes cuántas guerras
se están diseminando,
hoy,
por la faz de nuestro planeta?
Paz, soberanía, libertad, religión,
agua, petróleo, gas, drogas
son sus nombres.

GIRASOL DE SANGRE

Donovan Rocester
donovanrocester.com

Elena ya no era una niña, habían pasado ya diez años desde que dejó su país natal. Ella, viviendo en una ciudad extranjera, se sentía segura y disfrutaba de ir al mercado a comprar todo tipo de ingredientes para sus clases de cocina.

Cierto día, Elena salió al mercado para comprar pétalos de rosa para una receta. Necesitaba pétalos de rosa cultivadas sin ningún tipo de producto químico, dado que aquello no solo afectaría la salud de los comensales, sino que también alteraría su sabor.

Mientras caminaba por los rincones de un viejo vivero, buscando al dueño, Elena se encontró con algo que pensó que no vería nunca más.

— ¿Le gustan mis plantas, niña? —dijo el viejo dueño del vivero, apareciendo detrás de ella.

— ¡No soy una niña! —replicó Elena, mostrando un enojo desproporcionado ante las palabras del anciano.

El anciano no tuvo tiempo de replicar. En cuanto ella terminó su frase, empezó a temblar y tambalearse hasta que se desmayó.

— ¿Cómo se siente, señorita? —dijo el anciano, preocupado por la joven que estuvo inconsciente más de 30 minutos, durante los cuales se quejaba como si estuviera teniendo terribles pesadillas.

— ¿Dónde estoy? —preguntó Elena, bastante confundida.

—En mi casa, dentro del vivero —respondió el anciano—. ¿Cómo se siente?

—Mejor, gracias por ayudarme —dijo Elena, bajando la guardia.

Ella se presentó con el viejo y empezó a contarle sobre lo que necesitaba para su receta, a lo que el dueño del vivero argumentó que allí todo era cultivado sin fertilizantes artificiales, por lo que no tendría problema en venderle unas cuantas rosas para su receta.

— ¿Puedo preguntarle algo, anciano?

—Me llamo Francisco, señorita Elena.

—Disculpe mis modales, señor Francisco —dijo Elena, avergonzada pero aún aturdida por el desmayo.

— ¿Qué desea saber, señorita? —dijo el viejo, con mucha curiosidad.

— ¿Cómo puede cultivar girasoles en el clima de esta ciudad? ¡Aquí rara vez sale el sol!

—Uso luces artificiales la mayor parte del tiempo —respondió el dueño del vivero—. Pero los pocos días soleados, como hoy, los saco a recibir la luz natural.

Elena se quedó más tranquila con esa respuesta.

— ¿Le gustan los girasoles? —preguntó el curioso anciano.

— ¡No! —gritó Elena —. ¡No me gustan!

— ¿Puedo saber por qué grita?

Elena no pudo contenerse emocionalmente y se lanzó a llorar en el hombro del anciano.

—Los mataron, señor —dijo Elena, con la voz quebrada—. Su sangre estaba regada en el jardín, sobre mis girasoles.

El anciano la abrazó. Y le dijo:

—Mi niña, perdón, señorita. Yo vengo del mismo lugar que tú, perdí a mi hija en la guerra de invasión.

El dueño del vivero se quitó sus gafas de sol y dejó ver unos ojos del mismo color rojizo que los de Elena.

—La guerra ya terminó, Elena —aseveró el anciano mientras le tomaba las manos para calmarla—. Terminó hace ya mucho tiempo.

—Señor, la guerra tal vez haya terminado allá en nuestro lejano hogar —dijo Elena entre sollozos—. Pero seguirá viviendo en mi interior. Seguirá allí, al menos mientras viva.

El anciano y Elena lloraron juntos, con gran amargura, a causa de un mismo dolor. Un dolor que solo ellos podían comprender mutuamente en toda esa gran ciudad.

COLORES DE LA RESISTENCIA

Helis Aguilera
instagram.com/hekuras

RUINAS EN LA NIEBLA

Laura García Racciatti
instagram.com/mialmaenletras85

Un pájaro cantó y no fue oído.

La sangre derramada
y los gritos de socorro
eran más fuertes.

Un niño lloró y no fue visto.

La huida para sobrevivir
fue más urgente,
imprescindible.

Un alma en pena rogando el fin de otra batalla.

Infinidad de familias dejando su patria;
ineludible la grieta en el alma.
Los vemos partir con la esperanza a cuestas.

El vacío colmó las calles y la niebla no deja ver.

El pájaro vuelve a cantar
y oírlo se asemeja al dolor
donde no hay sosiego.

La zozobra se vuelve cotidiana, inexorable.

El niño abre sus ojos
y no consigue ver luz;
nadie consigue explicarle por qué.

Ese niño aún refleja la tristeza en sus ojos aguados.

La pena se vuelve colectiva
en los niños que no nacerán
y las madres que no darán a luz.

Infinidad de padres no verán a sus hijos.

El mundo duele y no podemos evitar
un virus mucho más peligroso
invadiendo los pueblos.

La sórdida mezquindad de los poderosos arrasa con los
pueblos.

FAE

MR. BJ
instagram.com/Josh_bodelljones

Brave, uncompromising,
charming and kind.
Unlike most, aware of their value.
Clapping back when needed,
making sure they are heard
King mood as they own shit.

STANDING TALL

Jeanne Fields
jeannefieldsart.com

DESERTOR

Mel Gómez

melbag123.wordpress.com

Dmitri Alexeyev, soldado ruso, camina con su compañero por las ruinas de lo que alguna vez fue la hermosa Mariúpol. Tiene diecinueve años y no comprende por qué está allí. Va callado, meditando, recordando el lugar al que su padre lo llevó cuando aún era un niño a apreciar el arte y la cultura que se derramaba por doquier en aquella ciudad portuaria. Ahora es añicos. Su mente divaga, por momentos se queda en blanco. Siente que camina sobre nubes, apenas nota sus pies pisar los pedazos de concreto y su visión es borrosa. Todo hiede a azufre, a fuego, a muerte.

Como si fuera un sueño se ve a sí mismo entrar a un edificio en el que varios soldados rusos violan y asesinan mujeres y niñas ucranianas, en una orgía de sexo y sangre. Rabioso, toma su fusil y acaba con ellos, después de todo son hombres sin moral, no merecen ser parte del ejército ruso. Las pocas mujeres que quedan vivas lo miran tanto con agradecimiento como con temor. Se da la vuelta y empieza a caminar con su compañero sin rumbo fijo.

—¿Ves cómo ha quedado esta ciudad? Aún recuerdo cuando mi padre me trajo siendo todavía un niño. Fuimos al teatro, caminamos por la plaza, jugamos con la arena en los balnearios y los edificios estaban llenos de personas felices, que sonreían a nuestro paso. ¡Cuánto daño hemos hecho! —le confía a su compañero como enloquecido.

»He querido ser un buen soldado, pero esto no es para mí. No me enseñaron en casa a asesinar a sangre fría, pensé que los soldados tenían honor, que solo se disparaba para defenderse del enemigo. Esas niñas, esas mujeres no eran nuestras enemigas, solo eran como mi hermana, como mi madre.

El soldado irrumpe en llanto.

»No he querido hacer mal a nadie jamás y mírame aquí, con las manos llenas de la sangre de nuestros compañeros, de esos que se volvieron animales. No soy un animal, no soy como ellos —grita cayendo de rodillas, arrepentido.

Pierde la noción del tiempo, de tanto llorar se queda dormido, está agotado física y emocionalmente. Ya no será el mismo jamás. Pasan muchas horas antes de que despierte. Su compañero sigue allí, a su lado. Dmitri mira al cielo, apenas puede distinguir las estrellas o la luna, todavía el polvo de la destrucción nubla la visión al infinito. Poco a poco se incorpora.

—¿Sabes? Ya no estarás más conmigo —le dice a su fiel compañero desde el entrenamiento. Lo tira al lado, pero antes vacía las balas que le quedan.

EL HADO OSCURO

Blacksmith Dragonheart
blacksmith-workshop.com

Yin y yang.
Las técnicas orientales.
Y, como en todo,
su lado oscuro tienen.

El rechazo lleva a la duda,
la duda existencial lleva a la soledad,
la soledad lleva a la desidia,
y la desidia a la psicopatía.

El hado oscuro te llama,
esta no es una guerra en las estrellas;
la primera guerra empieza dentro de ti.
Tú no lo quieres, pero te dejan solo.

Y en la soledad del alma
reside la oscuridad.
¿Para qué existes entonces?
¿Para que el héroe se vanaglorie?
Pero en el mundo real
los héroes no existen.

Es héroe el que más habla,
el que más rodeado está de gente;
gobierna.
Y tú solo eres una sombra.
Eres el hado oscuro.

El oponente te ataca...
Si eliges vivir,
eres el malo.
El hado oscuro
está en ti.

Naciste en medio del odio.
No es tu culpa.
¿Mereces vivir?
No, te lo demostraron al nacer.

¿Por qué naciste?
¿Para ser asesinado?
¿Para que te suicides?
No.
¡Ponte en pie y dales guerra!

Si te acusan,
mejor que sea siendo culpable.
Porque ya estás cansado de ser acusado
sin haber hecho nada.

EN EL BÚNKER

Edwin Colón Pagán
edwincolonpagan.wordpress.com

Llenó la bañera. Siguió las instrucciones del tutorial de You-Tube previamente grabado antes del apocalipsis nuclear del año 2022. Vació dos sacos de cemento blanco y acelerante en el agua tibia. Se recostó boca arriba. Un fuerte olor a cal desorientó su olfato. Una mezcla semisólida se cuajó sobre sus brazos y piernas. Cerró los ojos. Aguantó la respiración. Se sumergió. No hubo una rendija para sacar el aire del pecho. El oxígeno tampoco llegó a sus pulmones. Abandonó cualquier intento de escapar. Esta armadura de hormigón anuló sus cinco sentidos...

—Papá, de nada nos valió ser millonarios ucranianos y construir está fortaleza —dice Yure, angustiado de estar encerrado por semanas sin Internet ni redes sociales. Está cansado de jugar sus juegos electrónicos en la soledad de su habitación.

—¿Cómo que nada? Hemos salido en tres ocasiones al exterior. Pero no es seguro. A pesar de nuestras máscaras de oxígeno no podemos malgastar los recursos. ¿De qué te quejas?

—¿De qué me quejo? Estás loco, papá. Todo es destrucción en el exterior. No quedó nada de pie, ni pájaros, ni animales, ni árboles, ni gente...

Tras seis meses en cautiverio, el padre se enfermó. Perdió el habla. No recordaba nada, ni a su propio hijo. Desquiciado, intentó agredirlo en varias ocasiones como si fuese un enemigo. Una tarde, el padre se encerró en el baño.

—Papi, por favor, abre la puerta. Llevas más de tres horas encerrado. ¿Estás bien?
El hijo, luego, de abrir la puerta del baño, se encontró con la impresionante escultura de cemento hundida. El rostro del sexagenario sobresalía en la superficie sólida color gris de la bañera. Yure ahora sí estaba más solo que nunca y asombrado con la nota de suicidio de su progenitor:

No quiero seguir viviendo en soledad. No entiendo por qué ese maldito soldado ruso me tiene encerrado en esta cárcel. No solo me dejó sin hogar, sino que mató a Yure. Suerte que estaba listo para morir si las cosas empeoraban. Los materiales de construcción en el almacén para restaurar nuestra vivienda para algo servirían. Así que voy a reencontrarme con mi adorado hijo. Por fin, a descansar en paz.

¿Y A QUIÉN LE IMPORTAS?

Julie Sopetrán
eltiempohabitado.blog

Hoy me puede el dolor de tu mirada,
niño del mundo, ajeno al egoísmo;
miras tan alejado de ti mismo
que en tus ojos se muere la alborada.

Sin casa, sin familia, sin frazada,
a la orilla del hambre y del abismo;
tiemblas como la tierra en un seísmo
y conformas tu esencia entre la nada.

Las luces de tus pasos son errantes,
caminando, y en trenes y en pateras,
sin encontrar a nadie que te acoja.

Sigues el rastro de los emigrantes,
vives en el umbral de las afueras
y a nadie le interesa tu congoja.

BANDAID
Âlodel Drakin
DEVIANTART.COM/alodeldrakin

SOLDADOS DESECHABLES

Donovan Rocester
donovanrocester.com

Cierto día, se decidió que los seres humanos no podrían ser obligados a pelear en una guerra. Esta ley, que se volvió prácticamente mundial, llevó a los gobernantes a replantear sus estrategias bélicas. Cada país empezó a crear laboratorios de cría selectiva utilizando úteros artificiales para producir suficientes ejemplares como para reemplazar a sus soldados humanos con *soldados quimera.* Un *soldado quimera* consistía en un ser que tenía, en parte, el mismo genoma humano.

Sin embargo, para potenciar ciertas habilidades y sentidos, se utilizó ingeniería genética avanzada para retirar secuencias del ADN humano y cambiarlas por codificación genética de diferentes animales. Esto les otorgó habilidades únicas, dependiendo de la combinación de genes que se utilizara.

Los *soldados quimera* pelearon muchas guerras en lugar de los ejércitos humanos, que dedicaban cada vez más tiempo y recursos a seguir fabricando úteros artificiales e instalaciones de entrenamiento. Otra característica, muy deseable entre los soldados quimera, era que maduraban el doble de rápido que una persona promedio, por lo que crecían y envejecían más rápido. De esa manera sus entrenamientos demorarían menos, y siempre se tendría un lote preparado para cualquier enfrentamiento contra la milicia.

Los *soldados quimera* fueron creados para ser sumisos y obedecer a su figura de autoridad. Además, contaban con modificaciones robóticas en sus cuerpos para poder controlarlos de forma remota y matar a los soldados que no obedecieran las órdenes o presentaran cualquier manifestación de pensamiento individual. Llegado el momento, los *soldados quimera* pelearían la *cuarta guerra mundial* en lugar de los seres humanos no modificados. Para ese entonces, cada nación en guerra aceleró la producción de *soldados quimera* para mantener alto el conteo de combatientes y mejorar sus posibilidades de ganar el conflicto junto a sus aliados.

Los *soldados quimera* resultaron muy eficientes en sus labores y el conflicto terminó luego de muchas sangrientas batallas de las que los humanos sin modificar estaban muy orgullosos, argumentando que habían logrado "civilizar la guerra" para que ninguna persona sufriera por ella. Pese a eso, muchos movimientos sociales empezaron a cuestionar el trato que se le daba a los *soldados quimera*, que carecían de derechos humanos puesto que sus creadores argumentaban que su genética había sido tan modificada que al producto terminado no podría considerársele humano, debido a la significativa diferencia en su código genético.

Mientras las protestas por los derechos de los *soldados quimera* continuaban, el mundo posguerra sintió que tenía asuntos más importantes en los cuales enfocarse. Por lo que decidieron negociar con los protestantes y se llegó al acuerdo de que no se realizaría, como se tenía planeado, la eutanasia de los *soldados quimera* luego de la cuarta guerra mundial. En su lugar, los soldados serían liberados y adquirirían derechos humanos bajo la definición de que su capacidad de razonar y su conciencia de sí mismos los volvía humanos pese a su diferencia genética.

Pasaron los años y algunos de los *soldados quimera* lograron establecerse en comunidades humanas y se convirtieron en entes funcionales de la sociedad. Algunos hasta consiguieron pareja y tuvieron hijos. Esto provocó que la humanidad, al mezclar sus genes con los de los *soldados quimera*, diera origen a una nueva generación de humanos con habilidades únicas, resistencia mejorada y una inteligencia promedio superior. Sin embargo, tomaría años de selección artificial y de campañas de modificación genética prenatal, para eliminar la característica de envejecer aceleradamente. Esto cambió el genoma humano mundial de forma irreversible debido a que, con el paso del tiempo, murieron todos los ejemplares humanos sin modificar.

Pasaron décadas de terapia de refinamiento genético. Cada gobierno del mundo tenía su propio programa para modificar la genética de la población para volverla resistente a ciertas enfermedades y potenciar al máximo las características que ellos consideraban deseables como inteligencia, apariencia y rendimiento físico, etc. Eventualmente la genética mundial llegó a ser prácticamente igual, salvo pequeñas modificaciones locales que cada gobierno realizaba a sus habitantes con el fin de adaptarlos de forma perfecta al medio ambiente en el que se desenvolverían.

Esta modificación masiva del ADN mundial logró darle un mejor estilo de vida a la población y terminó por convertir a la raza humana en algo que ya no podía considerarse como *homo sapiens*, sino como *homo sapiens superior*. Sin embargo, la eugenesia y la poca variedad genética hicieron vulnerable a la humanidad ante la reaparición de antiguos agentes patógenos que eran relativamente manejables con el genoma humano anterior. La humanidad intentaba buscar una solución a las plagas, que empezaron a mermar rápidamente la población de muchos países. Pero era demasiado tarde, las enfermedades avanzaban más rápido que la capacidad del ser humano para modificar genéticamente a su población. Por lo que, luego de casi dos siglos de la creación de los *soldados quimera*, la humanidad se extinguió totalmente a causa de un virus gripal para el cual sus cuerpos no tenían defensas naturales.

DAFFODILS

MR. BJ
instagram.com/Josh_bodelljones

ARTE Y DENUNCIA

#ARTEPORUCRANIA / #ARTFORUKRAINE

KING AND QUEEN (DOLOR Y CAOS)

Crissanta
carlapaola.com

King of pain,
queen of chaos,
they come to rule
our new realm,
con un halo de fuego,
con sus manos de acero.

Marcan en nuestra frente
el signo de la crueldad.
They invade towns,
and our days end in nightmares
and begin in alarm.

Rey del dolor
inflicted against all.
Reina del caos,
she has torn up our homes.
Now, violence and flames
consume them all.

Los límites de la tristeza
are currently found
in the endless mass graveyard
que solía ser nuestro hogar.

King of pain,
queen of chaos,
they enjoy to separate,

dejar familias rotas,
fathers, sons, daughters,
marido y mujer.

Nos mandan a huir,
to seek for hiding places,
but we will not disappear
porque no les obedecemos.

RAYOS DE FLOR/SUNflowerSHINE

Donovan Rocester
donovanrocester.com

AUTORES
AUTHORS

ALEJANDRO CIFUENTES-LUCIC

cifuenteslucic.com

Chile / Chile

Poeta. Pasante involuntario.

***

Poet. Involuntary passer-by.

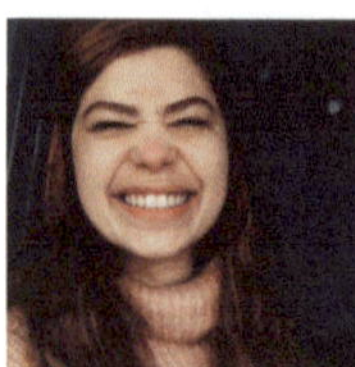

ÂLODEL DRAKIN

deviantart.com/alodeldrakin

Turquía / Turkey

Soy una artista no profesional en progreso; recientemente hago arte para los ucranianos.

***

I am a non-professional artist in progress, recently making art for Ukrainian people.

ANAUJ ZEREP

fb.com/AnaujZerep27

México / Mexico

Nací un 27 de octubre; soy amante de las letras y la poesía. He participado en las *Antologías I* y *II* de Editorial Salto al reverso. Soy del estado de Guanajuato, México.

***

I was born on October 27th; I love letters and poetry. I have participated in the *Anthologies I* and *II* of Editorial Salto al reverso. I am from Guanajuato, Mexico.

BLACKSMITH DRAGONHEART

blacksmith-workshop.com

Ecuador / Ecuador

Herrero de ideas y forjador de armas para la mente. Nació en Guayaquil, Ecuador, en 1985. Es Ingeniero Eléctrico, dibujante e ilustrador. Autor en Salto al reverso, y también ilustrador en otras revistas de literatura y artes plásticas. Actualmente publica caricaturas y trabaja en una novela gráfica para un proyecto futuro. Publica sus trabajos artísticos periódicamente en Blacksmith's Workshop, «el taller de la mente».

***

Blacksmith of ideas and forger of weapons for the mind. He was born in Guayaquil, Ecuador, in 1985. He is an Electrical Engineer, sketcher, and illustrator. He is an author at Salto al reverso, and also an illustrator for some other literature and plastic arts magazines. He currently publishes cartoons, and he is working on a graphic novel for a future project. He publishes his artwork periodically in Blacksmith's Workshop, "the workshop of the mind".

CARLA PAOLA REYES (CRISSANTA)

carlapaola.com

México / Mexico

Es traductora y escritora, así como editora general de la Editorial Salto al reverso. Su principal objetivo es fomentar su crecimiento profesional y personal impulsando a escritores y artistas para que publiquen sus propios libros. También administra los blogs colectivos *arteydenuncia.wordpress.com* y *saltoalreverso.com* y edita sus revistas y antologías.

***

She is a translator and a writer, she is also the general editor of Editorial Salto al reverso. Her main goal is to foster her professional and personal growth by encouraging writers and artists to publish their own books. She also manages the collective blogs arteydenuncia.wordpress.com and saltoalreverso.com and edits its magazines and anthologies.

CARLOS QUIJANO

carlosquijano.com.mx

México / Mexico

Es redactor y editor en el blog Palabras comunes; cofundador del blog Arte y denuncia; redactor y coeditor del blog y la revista *Salto al reverso*; fue redactor en la revista *La tribuna de opinión* (España). Su cuento «La leyenda que contaba el abuelo» fue finalista seleccionado en la convocatoria hecha por Editorial Eleuterio (Chile) para la antología *10 cuentos sobre ecología*. Es autor de *Claro Oscuro* y de la novela *Alcancías*.

***

He is a writer and editor in the blog Palabras Comunes; co-founder of the blog Arte y denuncia; editor and co-editor of the blog and magazine *Salto al reverso*; he was editor of the magazine *La tribuna de opinion* (Spain). His tale "La leyenda que contaba el abuelo" was selected as finalist in the call for works made by Editorial Eleuterio (Chile) for the anthology *10 cuentos sobre ecología*. He is the author of *Claro Oscuro* and the novel *Alcancías*.

COURT ELLYN

courtellyn.com

Estados Unidos / United States

Ha estado construyendo tramas y personajes desde que fue capaz de sostener un bolígrafo. Ahora dirige un pequeño grupo de críticos en *www.legendfire.com*. Su ficción ha aparecido en Kaleidotrope, Silver Blade, Theme of Absence y muchas otras publicaciones. Su serie de novelas, *The Falcons Saga*, está disponible en Amazon.

***

She has been building plots and characters since she could hold a pen. Now she leads a small critique group at *www.legendfire.com*. Her fiction has appeared in Kaleidotrope, Silver Blade, Theme of Absence, and numerous other publications. Her novel series, *The Falcons Saga*, is available at Amazon.

DONOVAN ROCESTER

donovanrocester.com

Ecuador / Ecuador

Es Ingeniero Comercial y Empresarial, docente, cuentista y poeta. Trabaja como editor general en Editorial Sabotaje y como coeditor en Salto al reverso. Colabora activamente con agrupaciones literarias de la Universidad de Guayaquil como el Club de lectura UG o Estación UG. Ha publicado cuentos y poemas en revistas y antologías de Ecuador, Chile, México, España e Inglaterra.

***

He is a Commercial and Business Engineer, teacher, storyteller and poet. He works as general editor at Editorial Sabotaje and as co-editor at Salto al reverso. He actively collaborates with literary groups of the University of Guayaquil such as the Club de lectura UG o Estación UG. He has published stories and poems in magazines and anthologies in Ecuador, Chile, Mexico, Spain and England.

EDUARDO HONEY

facebook.com/eohoneyewriter

México / Mexico

Ingeniero en Sistemas. Participante desde los noventas en talleres literarios bajo la guía de diversos escritores. Publica constantemente en *plaquettes*, revistas físicas, virtuales e Internet. Textos suyos fueron primer lugar, segundo lugar o finalistas. Ha sido seleccionado para participar en diversas antologías. Imparte talleres de escritura para la Tertulia de Ciencia Ficción de la CDMX. Pertenece a la generación 2020-2022 del Programa Editorial Soconusco Emergente.

***

Systems Engineer. Since the 90s, he has been a participant in literary workshops under the guidance of various writers. He constantly publishes on plaquettes, physical magazines, virtual magazines and Internet. His texts has been first place, second place or finalists. He has been selected to participate in various anthologies. He teaches writing workshops for the Tertulia de Ciencia Ficción de la CDMX. He belongs to the 2020-2022 generation of Soconusco Emergente Editorial Program.

EDWIN COLÓN PAGÁN

edwincolonpagan.wordpress.com

Puerto Rico / Puerto Rico

Escritor boricua, autor de los libros *Mi peor enemigo soy yo* (2011), *El escondite perfecto* (2019) y *Las visiones de Reed* (2021) Se ha destacado en el campo de los microcuentos y en la poesía. Ganador de primeros lugares en certámenes de cuento y poesía, dentro y fuera de la isla. Ha dictado conferencias sobre el uso del método científico en el desarrollo de microcuentos y poemas. Lleva más de 30 años escribiendo cuentos, microcuentos y poemas.

***

Puerto Rican writer, author of the books *Mi peor enemigo soy yo* (2011), *El escondite perfecto* (2019) and *Las visiones de Reed* (2021). He has stood out in the field of short stories and poetry. He won first places in short story and poetry contests, inside and outside the island. He has given lectures on the use of the scientific method in the development of short stories and poems. He has been writing stories, short stories and poems for more than 30 years.

JEANNE FIELDS

jeannefieldsart.com

Estados Unidos / United States

Hacer arte que sea significativo. No basta con hacer imágenes bonitas. Mis temas a menudo abordan cuestiones políticas y preocupaciones humanitarias como el hambre, nuestro medio ambiente, las consecuencias de las revueltas políticas y el cambio climático. Un desafío en la creación de trabajos de concientización es mostrar los temas sin dejar de ser accesible y atraer al espectador. Soy pintora al óleo y con técnica mixta además de escultora de ensamblaje.

***

Making art that is meaningful. It is not enough to make pretty pictures. My subjects often address political issues and humanitarian concerns like hunger, our environment, consequences of political upheaval and climate change. A challenge in creating consciousness raising work is to show the issues while remaining accessible and attract the viewer. I am an oil and mixed media painter plus assemblage sculptor.

LAURA GARCÍA RACCIATTI

instagram.com/mialmaenletras85

Argentina / Argentina

Desde chica sentí una conexión especial con las letras, en especial con la poesía y, aunque la escritura siempre permaneció conmigo, no la desarrollé hasta que cambié de vida, logrando autopublicar mis dos libros. Uso la escritura como nexo con mi alma para transitar procesos internos o sanar situaciones de la vida que de otra forma no lograría. Hace dos años coordino talleres de escritura para ayudar a otras personas a lanzarse a escribir.

***

Since I was little I felt a special connection with letters, especially with poetry and, although writing has always stayed with me, I did not develop it until I changed my life, managing to self-publish my two books. I use writing as a link with my soul, to go through internal processes or heal situations in life that I otherwise would not be able to achieve. For two years I have been coordinating writing workshops to help other people start writing.

JENNOMAT

jennomat.com

Alemania / Germany

Soy Jenny, una ilustradora *freelance* alemana y experta en acuarelas. Me especializo en pintar acuarelas realistas de flores, animales y paisajes, pero también hago ilustraciones de fantasía y diseño obras de arte para folletos de CD y otros productos.

***

I'm Jenny, a German freelance illustrator and watercolour expert. I specialize in painting realistic water colour paintings of flowers, animals and landscapes, but I also do fantasy illustrations and design artworks for CD-booklets and other merch.

JOHN GREY

jgrey5790@gmail.com

Australia / Australia

John Grey es un poeta australiano, residente en Estados Unidos, publicado recientemente en *Sheepshead Review, Stand, Poetry Salzburg Review* y *Hollins Critic.* Sus libros más recientes, *Leaves On Pages, Memory Outside The Head* y *Guest Of Myself* están disponibles a través de Amazon. Sus próximas obras aparecerán en *Ellipsis, Blueline* y *International Poetry Review.*

***

John Grey is an Australian poet, US resident, recently published in *Sheepshead Review, Stand, Poetry Salzburg Review* and *Hollins Critic.* Latest books, Leaves On Pages, *Memory Outside The Head* and *Guest Of Myself* are available through Amazon. Work upcoming in *Ellipsis, Blueline* and *International Poetry Review.*

MAGALY GARCÍA

instagram.com/maggarcia6

México / Mexico

Soy maestra jubilada de educación secundaria. Me interesa la lectura; tengo interés en la historia y cultura de diferentes países. Desde muy joven me ha gustado escribir y plasmar de manera sencilla las ideas, pensamientos o sucesos que pasan alrededor del mundo. Me gusta leer temas de filosofía, relaciones humanas y sociales.

***

I am a retired middle school teacher. I am interested in reading; I am fascinated by the history and culture of different countries. From a very young age I have enjoyed writing and capturing, in a simple way, the ideas, thoughts or events that happen around the world. I like to read topics of philosophy, human and social relations.

HELIS AGUILERA

instagram.com/hekuras

Venezuela / Venezuela

Artista plástico venezolano, nacido en 1955. De 1981 a 1985 estudia en la Escuela de Artes Plásticas Armando Reverón en Anzoátegui Venezuela. En 1989 ingresa al taller de vitrales de la Escuela de Artes Visuales Cristóbal Rojas. En 1993 obtiene el premio Armando Reverón para jóvenes artistas, AVAP y CONAC.Participa en asociaciones colectivas internacionales, galería RA Kiev, Ucrania, Uruguay, Panamá, Colombia. Actualmente reside en Lima, Perú.

***

Venezuelan plastic artist, born in 1955. From 1981 to 1985 he studied at the Armando Reveron School of Plastic Arts, in Anzoátegui Venezuela. In 1989, he entered the stained-glass workshop at the Cristóbal Rojas School of Visual Arts. In 1993, he obtained the Armando Reveron, AVAP and CONAC prize for young artists. He participates in international collective associations, RA Gallery, Kyiv, Ukraine, Uruguay, Panama, Colombia. He currently resides in Lima, Peru.

JULIE SOPETRÁN

eltiempohabitado.blog

España / Spain

Escribo porque no puedo dejar de hacerlo. Quiero aprender de los que saben más y enseñar a los que saben menos.

***

I write because I can't stop doing it. I want to learn from those who know more and teach those who know less.

MAYTÉ GUZMÁN

ahuanda.wordpress.com

México / Mexico

Atender a las cosas pequeñas, abrazarse a los días, desmenuzar los sentimientos, escupir la ira, protestar y hacer la guerra, pero con la palabra, si de algo sirve. La poesía también es una transgresión, y así hay que vivirla si no queremos ser engullidos en este polvorín social y esta agonía paralizante. El orden de todo este caos brota por añadidura en los versos.

***

Pay attention to the little things, embrace the days, break down the feelings, spit out the anger, protest and wage war, but with words, if it's of any use. Poetry is also a transgression, and that's how we have to live it if we don't want to be engulfed in this social tinderbox and this paralyzing agony. The order of all this chaos sprouts in the verses in addition.

MANUEL ALONSO MATELLAN

bosquebaobab.wordpress.com

España / Spain

Bosque Baobab pretende ser una exploración a través de las artes colaborando con diferentes autores en esta aproximación.

***

Bosque Baobab aims to be an exploration through the arts, collaborating with different authors in this approach.

MELBAG123

melbag123.wordpress.com

Puerto Rico / Puerto Rico

Desde niña las letras me llamaron la atención. Entonces leía ávidamente y escribía cuentos y poemas siempre de corte social y justicia. Fui a la universidad y estudié Derecho y Trabajo Social, guiada siempre por el interés que al parecer nació conmigo. Practiqué el Derecho por casi veinte años. Los últimos tres años laboré como trabajadora social en un centro de cuidado de ancianos y tuve el privilegio de acompañar a algunos de los residentes hasta el final de sus días. Ambas profesiones abrieron ante mí las maravillas de la naturaleza humana. Es por eso que hoy me dedico a escribir sobre las cosas que he aprendido y que me apasionan.

***

Since I was a child, the letters caught my attention. Back then I avidly read and wrote stories and poems, always of social and justice topics. I went to university and studied Law and Social Work, always guided by the interest that apparently was born with me. I practiced law for almost twenty years. The last three years I worked as a social worker in an elderly care center and had the privilege of accompanying some of the residents until the end of their days. Both professions opened up to me the wonders of human nature. That is why today I dedicate myself to writing about the things I have learned and that I am passionate about.

MR. BJ

instagram.com/Josh_bodelljones

Estados Unidos / United States

Tratando de aprender. Soy prociencia, aunque me entristece que eso tenga que ser una cuestión... Felizmente casado. No del todo despierto, pero tratando de no ser ignorante deliberadamente.

***

Trying to learn. Pro-Science, sad that has to be a thing... Happily married. Not quite woke, but trying not to be willfully ignorant.

PAULA OLMEDO OLVERA
instagram.com/paulaolveera

México / Mexico

Tengo 27 años, aficionada del arte en todas sus expresiones y fiel creyente del poder que tiene el amor; mi manera de compartirlo es por medio de la fotografía. A pesar de las adversidades que se nos presentan en la vida, siempre que pongamos atención encontraremos flores.

***

I am 27 years old, fond of art in all its expressions and a faithful believer in the power of love; my way of sharing it is through photography. Despite the adversities that come our way in life, whenever we pay attention we will find flowers.

VANER WOLFHEIM
instagram.com/aldevaranwolfen

México / Mexico

Mi nombre es Alejandro Vega Gaona, mi obra es la forma que conecta los sentidos con el color y la abstracción, he creado obras de pintura, pasando por todos los medios como la fotografía y el diseño; en mi haber tengo más de tres mil obras juntas.

***

My name is Alejandro Vega Gaona, my work is the way that connects the senses with color and abstraction, I have created works from painting through all media, photography and design; to my credit I have more than three thousand works together.

SUZANNE MOXON
instagram.com/smoxart

Canadá / Canada

Mi ilustración de diseño me ha permitido crear arte en una variedad de estilos y medios a lo largo de los años. Trabajo en medios tradicionales (pintura, pastel, lápiz) y con herramientas digitales. Me encanta experimentar con diferentes temas y siempre me esfuerzo por aprender y evolucionar como artista. El paisaje canadiense siempre me inspira, al igual que las aves y la vida salvaje. Luego, para cambiar de ritmo, podría incursionar en lo abstracto o en lo surrealista.

***

My design illustration has allowed me to create art in a variety of styles and media over the years. I work in traditional mediums (paint, pastel, pencil), and with digital tools. I love experimenting with different subject matter, and am always striving to learn and evolve as an artist. The Canadian landscape always inspires me, as do birds and wildlife. Then for a change of pace, I might dabble in the abstract or surreal.

ÍNDICE / CONTENTS

PARA UCRANIA
FOR UKRAINE

AUTORES / AUTHORS

OBRAS POR AUTOR
WORKS BY AUTHOR